PREMIER CHANT

DE

LA BUONAPARTIDE,

OU

LES CRIMES DE L'ATTILA

DES FRANÇAIS,

Poëme didactique, historique et national en 12 chants,

PAR M. COURTOIS.

Dédié au Roi LOUIS XVIII, surnommé le Désiré.

« Exterminez, grand Dieu, de la terre où nous sommes,
« Quiconque avec plaisir répand le sang des hommes ».
VOLTAIRE, *Mahomet*, acte 3, scène 8.

A PERPIGNAN,

Chez P. TASTU, imprimeur du ROI, de S. A. R. Mgr. LE DUC
D'ANGOULÊME, et de la Préfecture.

1816.

NOTE DE L'AUTEUR.

Je mets cette propriété sous la protection des lois, et je déclare que je poursuivrai devant les tribunaux, et comme contrefacteur, tout éditeur, libraire, marchand ou colporteur qui débiterait des exemplaires de cet ouvrage, qui ne seraient pas revêtus de ma signature.

ÉPITRE DÉDICATOIRE.

AU ROI.

DESCENDANT de Henri, Monarque désiré,
Frère d'un Roi martyr si justement pleuré,
Victime, ainsi que lui, d'une secte rebelle,
Tes fidèles sujets, à ta voix paternelle,
Se sont tous ralliés pour la seconde fois ;
Ils t'ont rendu sur eux ton empire et tes droits.
Ami de la justice et du christianisme,
Prince religieux, dont le patriotisme
Est pur comme ton cœur, quel français en ce jour
Pourrait te refuser son légitime amour ?
Ta bonté, ta sagesse et ton expérience,
Peuvent seuls réparer les malheurs de la France.
Tu viens d'y rétablir le règne des vertus.
Les crimes d'Attila feront chérir Titus.
La haine des tyrans m'a dicté cet ouvrage,
Et mon premier devoir est d'en offrir l'hommage
Au fils de Saint Louis, mon légitime Roi.
Puisse-t-il agréer ce gage de ma foi !
Le chantre des Bourbons, plein de reconnaissance,
Dans l'estime publique aura sa récompense.

AVANT-PROPOS.

Puisse cette œuvre didactique,
Eveillant sur moi la critique,
Donner en même temps le ton
A quelque Muse pindarique
Pour traiter un poëme épique,
Digne d'Homère et de Milton :
Mais plus d'un auteur satirique
Qui trouve tout mauvais sans rien faire de bon,
Sans égard pour l'intention,
Va me blesser d'un trait caustique.
Des écrivains famés, des poëtes savans
Dont l'Institut offre la pépinière,
Peuvent seuls, j'en conviens, me trouver téméraire
D'essayer, sous leurs yeux, ce qu'ici j'entreprends.
Mais ces Messieurs dans la docte carrière,
Guidés par le génie et leurs rares talens,
Ne marchent qu'à pas de géans ;
Comme un enfant à la lisière,
Moi je passe sous la barrière
Qu'ils doivent franchir noblement,
Et je m'y traîne lentement.
Ce que je fais nul ne l'eût osé faire
Sans s'abaisser étrangement.
Non moins ignoré qu'ignorant,
Ennuyé de marcher derrière,
Quand je vois passer un savant
Que risqué-je d'aller devant ?
Dans ma course, hélas ! si je butte,
Je puis tomber impunément
Sans être froissé de ma chute.
Mais du haut du sacré vallon,
Blessé par les traits d'Apollon,
Quand un aigle fait la culbute,

A la censure il est en butte ;
On le compare à Phaëton,
Ou bien à l'imprudent Icare,
Ou, pour mieux faire allusion,
A l'orgueilleux Napoléon,
Contre qui chacun se déclare.
Je suis exempt d'ambition.
Si malheureusement j'échoue,
De mon zèle il faut qu'on me loue ;
On est forcé de m'épargner.
Je chéris mon Roi légitime,
Qui des méchans fut la victime ;
Sur nos cœurs il revient régner ;
La vertu triomphe du crime.
Chantant la chute du dernier,
Qui nous entraînait dans l'abîme,
Je n'ai, dans le feu qui m'anime,
Rien à perdre et tout à gagner :
Et si, par la haine et l'envie,
Ma Muse se voit poursuivie,
LOUIS sera mon bouclier.

SOMMAIRE.

Buonaparte entre dans la carrière révolutionnaire. — La France en deuil du plus juste des rois, en proie à l'anarchie, à la guerre extérieure, à la guerre civile, triomphe de l'Europe liguée, subjugue la Hollande, l'Italie. — Le vainqueur d'Arcole part pour l'Égypte. — Revers de nos armées sous les ordres du général Scherer, son successeur. — Mort de Championèt. — L'Italie est reconquise en partie par Suwarow, généralissime des armées russes. — Retour de Buonaparte; il renverse le Directoire, se fait nommer premier consul de la république. — Bataille de Marengo gagnée par lui sur les autrichiens. — Proscription de Moreau et de Pichegru. — Assassinat du duc d'Enghien. — Son bourreau se prépare à usurper le trône de St. Louis.

LA BUONAPARTIDE.

CHANT PREMIER.

Je chante un étranger qui régna sur la France,
Sans vertu, sans fortune, et d'obscure naissance,
Dont l'audace intrépide et les premiers succès
Avaient conquis l'Europe et le cœur des Français;
Mais dont l'ambition en crimes trop féconde,
Le rendit et l'opprobre et le fléau du monde.
 Le plus grand écrivain exagère *souvent*;
D'un géant fait un nain, d'un nain fait un *géant*;
Et de même à son gré, selon la circonstance,
Il grossit, amoindrit tous les faits d'importance,
Selon qu'à son héros il veut prendre intérêt,
Et le rendre odieux ou le peindre parfait.
Mais la perfection n'existe point dans l'homme :
Tous ceux qu'avec orgueil citent Athènes, Rome,
Poètes, orateurs, philosophes, guerriers,
Que l'histoire a placés sous d'immortels lauriers,
Les grands hommes enfin de Rome et de la Grèce
Commirent quelque crime, eurent quelque faiblesse;
Et leur apologiste, à flatter assidu,
En taisant leurs forfaits nous cite leur vertu.
César même, César, cet empereur auguste,
Protecteur des beaux arts, bon, magnanime et juste,
Qui réunit en lui Marc-Aurèle et Trajan,
Fut, sous le nom d'Octave, un barbare, un tyran.
Mais à la vérité l'historien fidelle,
Pour transmettre des faits ne doit consulter qu'elle;
Il met dans la balance, auteur impartial,

Tout ce que son héros fit de bien et de mal.
Si parmi ces tyrans en horreur à la terre,
Le cruel Attila, le farouche Tibère,
Caligula, Néron, illustres scélérats,
Il fut quelques vertus, pourquoi n'en parler pas?
Les hommes en tous temps furent toujours les mêmes;
Ils ont par intérêt donné dans les extrêmes,
Mais principalement chez le peuple français;
Il loue aveuglément ou blâme avec excès.
Je n'imiterai pas, de peur d'être profane,
Ces auteurs partiaux que ma Muse condamne.
Mes lecteurs du héros sont les contemporains;
Ainsi pour les tromper mes efforts seraient vains.
Fuyant des mots pompeux le brillant étalage,
Je dis la vérité, je parle son langage;
Et je sens que mon style en cherchant sa clarté,
S'écarte de la grâce et de la majesté.
D'accord avec Clio, céleste Polymnie,
Répands sur mes récits ta brûlante harmonie;
Et quand la vérité me prête ses pinceaux,
Des plus vives couleurs enrichis mes tableaux!
Calliope, embouchant la trompette guerrière,
Dis comment Buonaparte entra dans la carrière,
Comment il usurpa le suprême pouvoir,
Et sur le trône enfin il parvint à s'asseoir.
A son aurore il vit le pouvoir monarchique
S'éclipser à l'aspect de cette république
Qui s'abreuva des pleurs et du sang des Français,
Mais dont il surpassa les féroces excès.
Alors la liberté n'était que la licence;
De deuil et d'échafauds elle couvrit la France;
Et le meilleur des rois!!!! Ici versons des pleurs :
Régime des bourreaux et des inquisiteurs,

Ce n'est qu'en traits de sang que la main de l'histoire
Pourra te consigner au temple de mémoire;
En lisant le récit de tes nombreux forfaits,
Non, la postérité ne les croira jamais.
Jours d'opprobre! où frappant tant d'illustres victimes,
Français, votre valeur seule égalait vos crimes;
Par mille factions au dedans agités,
Vous étiez au dehors vainqueurs de tous côtés,
Dispersés au milieu des tempêtes publiques,
Mais ralliés autour de vos dieux domestiques.
Divisés d'intérêts comme d'opinions,
Vous combattiez alors toutes les nations;
Et bravant la discorde et sa vaine furie,
A la voix de l'honneur, au cri de la patrie,
On voyait à l'envi femmes, enfans, vieillards,
D'un triple mur d'airain hérisser leurs remparts,
Savoir aux ennemis les rendre inaccessibles;
Et toujours triomphans, et toujours invincibles,
La crainte de subir le joug de l'étranger,
Savait les réunir dans le commun danger.
Le seul mot d'esclavage excitait leurs alarmes,
Et pour la liberté tous demandaient des armes :
Tandis qu'au champ de mars ils volaient en héros,
On livrait leurs parens au glaive des bourreaux.
Un guerrier valeureux dont la mémoire est chère,
Moreau sur l'échafaud a vu monter son père. (1)
Tandis qu'il abaissait les remparts de Courtrai,
Carrier saccageait Nante et *Lebon* dans Cambrai,
Dans Arras, dans Douai s'alimentant de crimes,
Entassaient sans compter leurs nombreuses victimes ;
Et la Loire et l'Escaut, dans leur cours arrêtés,
Roulaient en mugissant des corps ensanglantés. (2)
Jetons un voile obscur sur les scènes tragiques

Qui souillèrent alors tant de faits héroïques.
Depuis lors Buonaparte et tous ses généraux,
Parmi lesquels il dut compter bien des rivaux,
Massena, surnommé l'enfant de la victoire,
Lane, Augereau, Berthier, compagnons de sa gloire,
Au sein de l'Italie eurent part aux exploits
Dont le Corse orgueilleux se couvrit tant de fois.
Le modeste Moreau, ce héros, ce grand homme,
Était le Scipion de la nouvelle Rome,
Et pour la liberté qu'il embrassa d'abord,
Fut la digue opposée aux puissances du nord ;
Vainquit sous Pichegru, général non moins brave,
Qui soumit la Belgique et le peuple batave.
Tel un rocher terrible au front majestueux
Voit mourir à ses pieds les flots tumultueux,
Nos ennemis nombreux, refluant aux frontières,
Ont de la France au Rhin transporté les barrières.
Que de pays conquis par Moreau, Pichegru,
Que depuis, en un jour, leur rival a perdu ! (3)
Quelle fut des héros alors la récompense ?
Un directoire impie et sans reconnaissance,
Dans un lâche repos qui ressemble à l'exil,
Laissa languir Moreau ; puis sur les bords du Nil
Envoya le vainqueur d'*Arcole* et son armée,
Ramena la terreur dans la France alarmée,
Proscrivit les talens, le commerce, les arts,
Et sema la discorde au sein de nos remparts ;
Choisit des généraux sans valeur, sans génie,
Dont la rapacité, mais surtout l'ineptie,
Attirèrent sur nous mille dangers divers,
Et furent le signal des plus affreux revers.
Par les cinq directeurs accrue et secondée,
On vit se rallumer, aux champs de la Vendée,

Cette guerre civile, affreuse en ses excès,
Qui de nos ennemis secondait les projets.
Deux partis opposés, dans cette affreuse lutte,
Combattaient pour l'état et préparaient sa chute.
Assiégée au dehors, saccagée au dedans,
Et déchirée alors par ses propres enfans,
Sur tous les points la France allait être envahie ;
Elle venait déjà de perdre l'Italie,
Dont le fier Suwarow s'était rendu vainqueur.
En vain, Championet, ta stérile valeur
Voulut de tes soldats ranimer l'énergie ;
Ces malheureux en proie aux besoins de la vie,
Par la faim, la fatigue épuisés, abattus,
Avant que de combattre étaient déjà vaincus.
Ralliant les débris d'une nombreuse armée,
Jalouse de sa gloire et de sa renommée,
Tu lui donnas l'exemple, et sus, le fer en main,
De Naples vainement te rouvrir le chemin.
Où t'a conduit hélas ! ce frivole avantage ?
Sous le nombre accablé succomba ton courage ;
Tu n'as pu réparer les crimes de Scherer ; (4)
Ce monstre que sans doute avait vomi l'enfer,
Nommé par ses agens général et ministre,
Fut l'auteur de nos maux et de ta fin sinistre. (5)
Victime de cinq rois qu'on nommait directeurs,
La France était livrée aux dilapidateurs.
C'est alors que partout le cri de la patrie
Réclamait Buonaparte, exaltait son génie. (6)
Un navire échappé des rives du Levant
Le vomit tout-à-coup sur notre continent.
Au devant de ses pas tout vole, tout s'empresse ;
Rien ne peut contenir la publique allégresse ;
Chacun brigue à l'envi le plaisir de le voir ;

Son aspect dans les cœurs fait renaître l'espoir.
Ce monstre plus cruel que Néron, que Tibère,
Se couvrant à nos yeux d'un masque populaire,
Nourrissait dans son cœur le germe des forfaits,
Qu'ont signalé depuis ses barbares excès.
Semblable à ces vaisseaux qui trop tard nous décèlent
Le fléau destructeur qu'en leurs flancs ils recèlent,
Celui qui l'a vomi sur notre région
Nous rapporta le deuil et la contagion.
« Le voilà, disait-on, ce héros de la France,
« Le seul digne en effet de notre confiance ;
« Digne soutien du peuple et père du soldat,
« Lui seul pourra changer la face de l'état.
« Victime des complots de l'affreux directoire,
« Jaloux de ses succès, ennemi de sa gloire,
« Dans les sables d'Égypte on le croyait perdu ;
« Mais au vœu des Français il vient d'être rendu ». (7)
Bientôt arrive enfin la fameuse journée
Qui devait de l'état changer la destinée,
Et nous affranchissait du joug de cinq tyrans,
D'un directoire infâme et de ses vils agens.
Cachant l'ambition dont son ame est remplie,
Le Corse est proclamé sauveur de la patrie ;
Nommé premier consul à l'unanimité,
Il répare nos maux avec activité ;
Des lois qu'on violait rétablit l'équilibre ;
Et partout reconnu pour chef d'un peuple libre,
Il vole à Marengo ; par des succès nouveaux
Ramène la victoire encor sous ses drapeaux ;
Et fatigué d'exploits, à l'Europe soumise
Il dicte enfin la paix qu'il avait reconquise,
Étouffe tous les feux de la sédition,
Appaise le courroux de la fière Albion,

Et commentant d'Amiens le traité juste et sage,
Du bonheur à nos yeux il offre le présage,
Règle les lois du code et ceux du concordat,
Relève les autels et sauve enfin l'état.
La France libre alors, et par lui glorieuse,
N'attendait que son Roi pour être plus heureuse.
Mais l'Attila nouveau, de l'Europe vainqueur,
N'a jamais prétendu faire notre bonheur ;
Et le sien fut toujours d'intriguer et de nuire,
D'abattre, d'élever, de créer pour détruire,
De sécher dans ses mains l'olivier de la paix,
Et de s'alimenter des fruits de ses forfaits.
Jamais le sang français n'a coulé dans ses veines.
C'est pour les reforger qu'il vint briser nos chaînes.
Il caresse le peuple, et pour mieux l'asservir,
Par de fausses vertus tâche de l'éblouir ;
Pour le rendre plutôt à ses désirs propice,
Affectant envers tous la bonté, la justice,
Il fait distribuer des armures d'honneur
Aux guerriers distingués par leur noble valeur :
Moreau seul est exempt. Récompenser le zèle
C'est forcer le soldat d'être au devoir fidèle ;
Mais ce chef orgueilleux qui se croit un César,
Prétendait seulement l'enchaîner à son char.
Sous le nom de consul gouvernant la patrie,
Il jouissait du sort le plus digne d'envie ;
Mais *consul* est trop peu pour son ambition.
Ce monstre qu'a produit la révolution,
Fils de la république, a servi de sa mère,
En sortant du berceau, la fureur sanguinaire : (8)
Non moins coupable qu'elle il devint son bourreau,
Et pour être EMPEREUR il veut perdre Moreau ;
Moreau dont le nom seul valait toute une armée,

Ce rival dont il craint la juste renommée;
Moreau, plein de talens et de rares vertus,
Ce modeste vainqueur estimé des vaincus,
Qui du sang des Français avare en ses retraites,
Était triomphateur même dans ses défaites,
Et, cédant le terrain, défit plus d'ennemis
Que son vil oppresseur ne recrutait d'amis.
A Moreau qui venait d'affermir sa puissance,
Bien loin de témoigner de la reconnaissance,
Pour l'avoir secondé dans le même moment
Qui le vit proclamer chef du gouvernement,
Buonaparte est ingrat; il connaît l'influence
De l'homme qu'avec lui l'on peut mettre en balance;
Il fuit le bienfaiteur qui lui servit d'appui,
Choisit ses généraux, et l'éloigne de lui.
Avec succès en tout Moreau le rivalise,
Et le Corse jaloux soudain le paralyse.
Ainsi que Catinat, le modeste guerrier
Se reposait en paix sous un noble laurier,
Cultivait son jardin. Loin du fracas des armes,
De l'hymen, de l'amour, il savourait les charmes;
La sincère amitié qui déserte la cour,
Embellissait encor son champêtre séjour.
Les enfans du héros brandissaient cette épée,
Que dans le sang français il n'a jamais trempée,
Il leur disait par fois d'un ton plein de douceur,
Rendez-moi, mes amis, ce gage de l'honneur,
Mon vrai titre de gloire et le seul que j'envie. (9)
Allons cueillir des fleurs.... Si jamais la patrie
Réclame de nouveau le secours de mon bras,
Dans un lâche repos je ne languirai pas;
Je combattrai pour vous, je combattrai pour elle;
A ses ordres toujours on me verra fidèle.

Il conspira depuis contre son oppresseur,
Qui voulait usurper le titre d'empereur.
« Nous avons combattu pour une république,
« Et s'il faut retourner à l'état monarchique
« Retournons aux Bourbons, nos légitimes rois,
« Plutôt qu'un étranger nous impose des lois.
« Buonaparte consul mérite de la France
« Du respect, de l'amour, de la reconnaissance.
« S'il se fait empereur, le fier Napoléon
« De mon pays un jour deviendra le Néron.
« Ne souffrons pas, amis, qu'il s'empare du trône
« Qu'un corse audacieux usurpe la couronne;
« Car ce tigre donnant le cours à ses excès,
« Se baignera bientôt dans le sang des Français;
« Et s'il ne suffit pas pour assouvir sa rage,
« Il portera partout l'horreur et le carnage;
« Fera lever de force un peuple de soldats,
« Pour déclarer la guerre à tous les potentats.
« Braves républicains, les fruits de vos conquêtes,
« Et les nombreux lauriers dont se couvrent vos têtes,
« Ne sont pas suffisans pour cet ambitieux,
« Qui rapporte à lui seul tous vos faits glorieux!
« Couronnez son audace aujourd'hui sans seconde;
« Comme il n'est qu'un seul Dieu pour gouverner le monde,
« Napoléon voudra seul être l'empereur
« De l'univers soumis, en proie à sa fureur.
« Ce projet paraît vain, mais croyez qu'il n'aspire
« Qu'à voir le monde entier fléchir sous son empire.
« Il en est temps encor; contre lui conspirons,
« Et s'il nous faut un roi, rappelons les BOURBONS »
Il dit, et conspira pour un roi légitime:
Il ne réussit pas, il en fut la victime.
Georges et Pichegru, tant d'autres conjurés

Dont les noms aujourd'hui sont par nous révérés,
Ont péri par le meurtre ou bien par les supplices.
Tous ceux qui de leur mort se sont rendus complices,
En servant de Néron les coupables fureurs,
Leur rendirent depuis de funèbres honneurs. (10)
Odieux résultat de nos jours sanguinaires !
Par un flux et reflux l'un à l'autre contraires,
Un parti se relève et l'autre est abattu;
Ce qui fut crime hier est aujourd'hui vertu.
Pour Moreau dont le nom si cher à la mémoire
Illustrera toujours les pages de l'histoire,
Buonaparte craignant qu'en ce moment fatal
Tout le peuple et l'armée, en faveur d'un rival,
Ne soulèvent leurs flots contre un arrêt barbare,
Du sang d'un ennemi fut contraint d'être avare; (11)
Du glaive de la mort il n'osa le frapper :
Ne voulant pas aussi qu'il lui pût échapper,
A la détention il borna sa vengeance.
Moreau veut, mais en vain, prouver son innocence;
Il s'adresse lui-même à son persécuteur, (12)
Et sans le désarmer il fléchit sans rigueur.
A l'exil condamné, ce héros magnanime
Fut plaint et regretté d'une voix unanime;
Et soudain il cingla vers les Etats-Unis,
Suivi de sa famille et de quelques amis.
Mais tous ceux de sa gloire, en ce péril extrême,
Auraient voulu le voir triomphant de lui-même;
A l'exemple de *George*, hautement s'accuser,
Plutôt que de descendre à vouloir s'excuser.
On ne peut soupçonner un héros de bassesse,
Encore moins de crainte ou d'indigne faiblesse;
Mais tel au champ de mars sait combattre et mourir,
Qui sur un échafaud redoute de périr,

Croit devoir reculer les bornes d'une vie
Qu'il veut sacrifier un jour pour sa patrie ;
Comme on verra plus tard qu'il gardait dans son cœur
L'espoir de triompher de son vil oppresseur.

Jusqu'ici libre enfin au sein de l'Amérique,
Heureux et jouissant de l'estime publique,
Laissons en paix Moreau sous un ciel étranger,
Méditer les moyens de pouvoir nous venger.

Le tyran qui s'apprête à régner sur la France,
Tourmenté du désir d'accroître sa puissance,
Buonaparte commet le plus grand des forfaits,
Présage des malheurs qu'il réserve aux Français....
Pour envahir le trône il croit tout légitime,
Et pour y parvenir prélude par un crime.

Il apprend qu'un Bourbon, l'infortuné d'Enghien,
Résidait depuis peu chez un prince voisin,
Et menait une vie innocente et tranquille.
Du séjour de la paix il viole l'asile,
Et fait saisir d'Enghien dans les bras du sommeil.
Pour le jeune héros quel funeste réveil !...
Comme un vil criminel en France on le ramène.
A peine il entrevoit les rives de la Seine,
Qu'il est enseveli dans un séjour affreux
Que jamais n'éclaira la lumière des cieux.
Sans amis, sans secours, aux lieux de sa naissance,
Le Prince n'a d'espoir que dans son innocence.
Il invoque à grands cris la justice, les lois,
La voute du cachot répond seule à sa voix.
Victime d'une trame odieuse, infernale,
En reproches amers sa bouche en vain s'exhale;
D'un despote cruel les perfides agens
Viennent de l'arrêter contre le droit des gens ;
Ils ont osé souiller la terre hospitalière,

3.

Pour servir du tyran la rage meurtrière.
Par l'appât des grandeurs Caulaincourt ébloui,
Fut chargé d'accomplir ce forfait inoui.
Elevé chez Condé (13) ce transfuge, ce traître,
Digne de l'Attila qu'il s'est choisi pour maître,
Obéit sans scrupule à l'ordre clandestin
D'arrêter, de conduire et de livrer d'Enghien :
D'Enghien, de sa maison la gloire et l'espérance,
Sur la foi des traités dormait sans défiance ;
Dans les murs d'*Ettenheim* il ne prévoyait pas
Qu'un perfide assassin méditait son trépas.
La vertu toujours lente à soupçonner le crime,
De sa sécurité trop souvent fut victime.
Le Duc s'apercevant qu'on en veut à ses jours,
A son ennemi même a promptement recours,
Demande à lui parler ; son cœur a peine à croire
Qu'un vainqueur pût commettre une action si noire
Que de tremper ses mains dans le sang innocent ;
Il en appèle à lui dans ce danger pressant. (14)
Au plus lâche abandon il est loin de s'attendre.
Buonaparte ne veut ni le voir, ni l'entendre.
« Cet homme peut un jour renverser mon pouvoir,
« Dit-il au tribunal ; faites votre devoir ».
La valeur de d'Enghien, son noble caractère,
Éclipsaient du tyran la gloire militaire.
Cet unique héritier d'un nom déjà fameux
Se montrait digne en tout de ses braves aïeux.
A Berstheim, à Munick signalant sa vaillance,
Pour replacer LOUIS au trône de la France,
Le jeune défenseur du plus juste des rois
A consacré son nom par de rares exploits :
Aux accens de la paix il a posé les armes ;
Mais favori de Mars il cause des alarmes

Au Corse ambitieux, l'effroi des nations,
Qui prétend usurper le sceptre des BOURBONS.
Ce prince à ses projets peut être un jour contraire ;
Le tyran va frapper son terrible adversaire.
D'Autencourt et Barrois, Rabb, Bazancourt, Molin,
L'odieux Savari (15), Guiton, l'infâme Hullin,
Reçoivent de Murat l'ordre affreux, tyrannique,
De faire exécuter un jugement inique.
Le héros condamné dit avec majesté :
« J'en appèle en mourant à la postérité.
« Le trépas à mes maux va soudain mettre un terme ;
« On m'y verra marcher d'un pas tranquille et ferme :
« Ne me refusez pas, dans mon affliction,
« Le secours consolant de la religion ;
« Elle me donnera la force nécessaire
« Pour subir un arrêt injuste, sanguinaire,
« Et rendre en paix mon ame à son suprême auteur.
« Je réclame les soins d'un vertueux pasteur,
« Qui d'un Dieu de bonté, l'organe et le ministre,
« Témoin de mon malheur et de ma fin sinistre,
« Au chemin du tombeau daigne encor m'affermir,
« Et recueille ma cendre et mon dernier soupir ».
— « Il est trop tard ; marchons, dit une voix féroce ».
Ce refus inhumain, cette conduite atroce,
Qu'on ne tiendrait pas même envers un scélérat,
Montrent le caractère et l'ame de Murat.
Du bourreau de d'Enghien, cet odieux complice,
Accompagne le prince au lieu de son supplice ;
Du drame de sa vie hâtant le dénoûment,
Il ose l'insulter à son dernier moment...... (16)
    A l'aspect du trépas qui pour lui se prépare,
Le duc dit avec joie à ce monstre barbare
Qui va souiller ses mains par un assassinat :

« *Grâce au ciel je mourrai de la mort d'un soldat !*

« Cette mort glorieuse est celle que j'envie ;

« J'appris dans les combats à mépriser la vie ;

« En la perdant ici j'emporte des regrets.....

« Et je tombe innocent sous les coups des Français :

« Mais un corse est chargé du poids de l'homicide ».

A ces mots vers sa fosse et d'un air intrépide,

Il s'avance à grands pas, offre son ame à Dieu ;

Puis sur lui-même enfin il commande le feu.

La mort vole et l'atteint !.... Par l'ordre d'un Tibère,

Le sang du grand Condé coule et rougit la terre.

Pour un père, ô douleur ! ô regrets superflus !....

Son fils, son digne fils, *Germanicus* n'est plus.

L'exécrable Murat, ce vil agent du crime,

Fit placer sur le sein de l'auguste victime,

Une lampe *funèbre*, et sa sombre lueur

Guida le plomb mortel dirigé sur son cœur.

Ainsi finit d'Enghien ; ses vertus, son courage,

Egalaient ses talens moissonnés avant l'âge.

Mais c'était un Bourbon ; son sang dût cimenter

Le trône où le tyran s'apprêtait à monter.

O prince généreux et bien moins roi que père,

Qu'aurait il fait de toi ce monstre sanguinaire ?

D'Angoulême, d'Artois, brave duc de Berri,

Restes si précieux d'un monarque chéri

Que nous a conservés l'auguste Providence

Pour épurer encor l'horison de la France ;

On n'en saurait douter, vous eussiez péri tous

Si l'on vous eût livrés à ce tigre en courroux ;

Ou si, plus confians dans ses fausses promesses,

Vous eussiez accepté ses offres, ses largesses,

Lorsque vous rappelant par son ambassadeur,

Il vous fit proposer la paix et le bonheur,

Et voulut vous fixer au sein de l'Italie. (17)
C'en était fait de vous ; adieu trône, patrie ;
Vous n'eussiez plus revu les rivages français.
Mais suivons du tyran la marche et les forfaits :
Il éblouit la foule à ses vœux opportune,
Et veut changer de nom en changeant de fortune.
Un champ vaste est ouvert à son ambition ;
Il n'est plus *Buonaparte*, il est NAPOLÉON ;
Dans de nouveaux malheurs il va plonger la France,
Et sa gloire finit quand son règne commence.

FIN DU CHANT PREMIER.

Lu et approuvé par l'Académie royale de Nismes, et et permis d'imprimer par le Préfet du Gard.
Nismes, 12 *avril* 1816.
MARQUIS D'ARBAUD JOUQUES.

ERRATA, page 16, *vers* 21, *au lieu de*
Et sans le désarmer il fléchit sans rigueur.
Lisez, Et sans le désarmer il fléchit sa rigueur.

NOTES DU CHANT PREMIER.

(1) Le père du vertueux Moreau fut condamné en 93, par le tribunal *révolutionnaire*, à être guillotiné comme partisan de la royauté, accusé de s'être appitoyé sur le sort de Louis XVI. Le jour même de l'exécution, son fils remportait une victoire signalée en combattant pour la république.

(2) Chacun est instruit des crimes de ces deux féroces représentans du peuple. Les mariages, appelés par Carrier *mariages républicains*, se faisaient en accouplant les victimes attachées dos à dos et précipitées dans les flots de la Loire, rougis alors du sang français.

(3) La bataille de Leïpsik, perdue en 1813 par Buonaparte qui, refusant obstinément la paix, attira toutes les puissances alliées dans le centre de la France.

(4) Les déprédations de ce général qui avait été ministre de la guerre, épuisèrent le trésor public et désorganisèrent nos armées en proie à tous les besoins.

(5) Championnet mourut du poison à Nice, où il fut inhumé en 1797. On soupçonna Schérer et le directoire de cet attentat.

(6) J'ai promis d'être historien fidèle, et je tiens parole. Le tyran commandait alors l'admiration publique; je n'en suis ici que l'*écho* : s'il n'eût été généralement aimé, regretté, et le *directoire* universellement haï, le général Buonaparte ne l'aurait pas si facilement renversé pour s'élever au consulat ; mais en rappelant une foule d'émigrés il capta tous les suffrages. On le laissa s'emparer des rênes du gouvernement, persuadé qu'il allait les remettre aux mains des Bourbons, nos légitimes Rois, comme il l'avait promis à l'amiral *Nelson* qui facilita son retour d'Egypte en France ; comme il l'avait promis aux chefs de *la Vendée* qu'il pacifia, et qu'il trompa ainsi que toute l'Europe alors éblouie par l'éclat de ses fausses vertus. Si l'on avait prévu qu'il voulût usurper le trône après avoir usurpé la confiance publique, il eût été jugé militairement et fusillé comme déserteur de son armée qu'il abandonna dans les sables brûlans de l'Arabie ; il l'eût été comme complice de la mort du général Kleber, son substitut, qui le dénonçait au directoire, et dont le Corse fugitif reçut les dépêches en sa qualité de premier consul, et qu'il fit assassiner depuis par un mamelouck. Qu'on ne s'étonne donc pas de me voir relater ici les éloges qu'il arracha dans le temps à la multitude. Le premier écu de 5 fr. marqué à son coin, à dû dévoiler son ambition, et le meurtre de l'infortuné Duc d'Enghien dessiller tous les yeux, affliger tous les royalistes et consolider le parti de l'usurpateur.

(7) On a su depuis que Buonaparte avait brigué cette expédition, dans l'espoir de conquérir l'Egypte à la tête de 40,000 braves, de couper aux Anglais leurs relations commerciales avec les peuples du Levant, de se faire couronner roi de Jérusalem à l'aide des arabes qu'il essaya d'insurger contre le Grand-Seigneur, en arborant le turban et prêchant l'Alcoran au nom du St. Prophète dont

il se disait l'envoyé. Lisez ses proclamations en style oriental ; j'en connais une commençant par ces mots profanes :

Au nom du père qui n'a point de fils, etc.

Et voilà celui qui depuis fut couronné empereur par le Saint Pontife de Rome et proclamé le restaurateur de la religion !

Sans le combat de Trafalgar gagné par l'amiral Nelson, sans les revers de ses armées au siége de Saint-Jean-d'Acre, sans la perte de la bataille d'Aboukir, le Corse, déguisé en mahométan, aurait rendu long-temps la cour de Constantinople victime de sa mascarade.

(8) Après avoir signalé son républicanisme au siège de Toulon en 1793. C'est en mitraillant le peuple de Paris, soulevé le 13 vendémiaire contre le directoire en faveur des Bourbons, qu'il gagna la confiance de *Barras*, qui lui donna Joséphine, veuve Beauharnais, pour épouse, et le commandement de l'armée d'Italie. A son retour d'Egypte il renversa ce même directoire pour usurper le pouvoir, dans la journée du 18 brumaire.

(9) Ce sont ses propres expressions, dont j'ai été témoin auriculaire. Tout ce qui a rapport à ce grand homme intéresse les contemporains, qui le regrettent d'autant plus qu'ils ont suivi moralement ou physiquement sa marche glorieuse dans la carrière des armes, qu'ils ont en partie gémi de l'ingratitude dont on a payé ses services, et de sa fin tragique. Au commencement de la révolution Moreau, sortant de faire son droit à Rennes, à l'exemple de Catinat, quitta la plume pour l'épée. Il se signala par ses faits militaires et se fit admirer même dans ses revers ; sa belle retraite de *Hoelenden* lui fut plus honorable que la plus grande victoire de *Buonaparte*, qui lui rendit justice en s'en montrant jaloux.

(10) Pichegru fut trouvé étranglé dans sa prison. On soupçonna avec raison Buonaparte de cet attentat.

A la première restauration (en juillet 1814), les autorités civiles et militaires, et notamment le tribunal criminel du département de la Seine, depuis appelé cour d'assises, les mêmes juges qui avaient condamné Georges Cadoudal et consors à périr sur l'échafaud pour avoir conspiré contre *Buonaparte* en faveur des *Bourbons*, assistèrent en pompe au service funèbre que l'on célébra solennellement à Paris pour le repos de l'ame de ces martyrs de la royauté.

(11) Toutes les troupes rangées en bataille dans la cour du palais de justice à Paris, présentèrent simultanément les armes au général Moreau quand il sortit de la prison, appelée la Conciergerie, pour monter au tribunal. Averti par *Murat*, alors gouverneur de Paris, et par le grand juge *Reguier* de ces dispositions favorables à l'accusé, Buonaparte n'osa le faire périr ; il le fit condamner à la détention ; mais Moreau redoutant le ressentiment du Corse qui ne faisait que différer sa vengeance, réclama la déportation, l'obtint et se retira aux Etats-Unis.

(12) La lettre justificative qu'il écrivit à Buonaparte, consul, porte l'empreinte de la modestie et du sang-froid qui caractérise le véritable grand homme ; il s'élève en s'abaissant devant le superbe, et lui reprochant son ingratitude ; il lui fait sentir que s'il eût été ambitieux à son exemple, il ne l'aurait pas secondé dans la journée du 18 brumaire pour renverser le directoire et occuper une

place qui lui avait été offerte ; mais qu'il avait cru devoir refuser, parce qu'il lui appartenait de servir son pays non de le gouverner.

(13) Ce gentilhomme Picard avait été élevé dans la maison de Condé, à laquelle sa famille avait eu l'honneur d'être attachée ; il suivit le jeune Prince lors de son émigration, jouit quelque temps de sa confiance et de son amitié, qu'il trahit avec impunité lors de sa rentrée en France, pour obtenir la faveur du tyran qui le nomma depuis duc de Vicence et ambassadeur de Russie en 1811.

(14) Le vainqueur d'Arcole et de Marengo jouissait alors d'une gloire usurpée. Le Prince se croyant victime d'un acte arbitraire commis à son insçu, demandait vainement à le voir, à lui parler, persuadé que Buonaparte punirait ses persécuteurs de l'infraction faite au droit des gens et des mauvais traitemens exercés sur son auguste personne. Combien il se trompait !.... Admirons sa candeur et déplorons son sort.

(15) *Savari*, depuis surnommé par le Corse *duc de Rovigo*, fut en 1810 ministre de la police inquisitoriale de ce fléau des nations.

Les autres officiers supérieurs furent choisis par *Murat*, et composérent la commission militaire chargée de juger le Prince. La plupart convaincus de son innocence, hésitèrent sur le parti qu'ils avaient à prendre. Ils écrivirent au tyran pour savoir sa résolution définitive ; celui-ci leur renvoya soudain la lettre avec ces trois mots écrits au bas : *condamné à mort* ; et l'arrêt fut exécuté dans les fossés du château de Vincennes, dans la nuit du 20 mars 1804, à quatre heures du matin.

(16) Le Prince ayant demandé un confesseur, que l'on eut l'inhumanité de lui refuser, à son dernier moment s'agenouilla, éleva son ame vers le Créateur, puis se relevant fièrement, marcha à la mort d'un air intrépide, et prouva que la religion n'est pas incompatible avec le véritable héroïsme.

C'est donc à tort que *Murat* lui adressa ces paroles impies : *Est-ce que tu veux mourir en capucin ?*

(17) Tout le monde sait que Buonaparte, encore premier consul, avant le meurtre du duc d'Enghien, et se justifiant d'être étranger à celui de Louis XVI, fit proposer à son auguste frère, aujourd'hui LOUIS-LE-DÉSIRÉ, une province de l'Italie, alors subjuguée par les armes françaises, et qu'il lui abandonnait en toute propriété pour lui et sa famille, s'il voulait renoncer à ses droits au trône de la France.

Le Roi répondit que, « sans confondre M. Buonaparte avec les « régicides qui avaient alors ouvert la source des plus affreux rava- « ges, il ne pouvait faire cette concession sans compromettre sa di- « gnité et les intérêts des Princes de sa maison ; que d'ailleurs en l'in- « vitant à renoncer à ses droits, c'était en reconnaître la légitimité ».

La lettre de S. M. dont j'ai tiré ce paragraphe substantiellement, fut rendue publique, à sa rentrée en 1814, par la voie des journaux.

Fin des Notes.

www.ingramcontent.com/pod-product-compliance
Lightning Source LLC
Chambersburg PA
CBHW061637180626
46818CB00005B/2416